손글씨로 풀어 쓴 청렴 메시지

公明淸言
공 명 청 언

감사의 마음을 전할 수 있는
오늘 하루가 참 행복합니다.

_____ 님께

Contents

손글씨로 풀어 쓴 청렴 메시지
公明淸言

까닭없는
얼음은
사람사는 세상의
함정이다

분수에 맞지 않는 복과 까닭 없는 얻음은
조물주의 미끼가 아니면 사람 사는 세상의 함정이다.
이곳에서 눈을 높이 두지 않으면
그 꾐에 빠지지 않을 이 적으리라.

-채근담 중에서-

　생각지도 않은 사람에게 뜻밖의 선물을 받을 때가 있습니다. 공짜로 얻는 재물에 기분이 좋은 것은 인지상정일 것입니다. 하지만 노력하지 않고 얻은 것에 대해서는 항상 경계해야 합니다. 감사를 담은 작은 성의라지만 과거의 일에 대한 감사가 아니라 미래에 닥칠 일을 잘 봐달라는 의미가 더 클지도 모릅니다. 언젠가 그 얻음에 대해 갚아야 할 날이 올지도 모릅니다. 분수에 맞지 않는 복과 까닭 없는 수확은 나중에 대가가 따르기 마련입니다. 탐나는 미끼와 힘 안 드는 거둠은 신이 시험을 하는 것이거나 세상에서 만들어 놓은 함정이라는 의미를 되새겨야 하겠습니다.

하늘이 알고
땅이 알고
자네가 알고
나가 안다

뇌물을 주고받는 일을
비밀리 하지 않는 이가 있을까마는
밤중에 한 일이 아침이면
이미 널리 퍼지기 마련인 것이다.

－목민심서 중에서－

영원한 비밀은 없습니다. 사사로운 청탁을 하며 넌지시 뇌물을 건넬 때에는 항상 둘만의 비밀임을 강조합니다. "이 일은 아무도 모를 것입니다. 저만 알고 있겠습니다. 말하면 저에게 해가 되는데 어떻게 말하겠습니까!"라며 안심시킵니다. 하지만 비밀이란 있을 수 없습니다. 후한시대 '관서의 공자'라 불리던 양진의 말처럼 하늘이 알고 땅이 알고 상대방이 알고 자신이 알고 있기 때문입니다. 뇌물을 건네는 사람은 자신이 불리해지는 순간이 오면 쉽게 말을 퍼뜨리게 됩니다. 아무도 모를 거라며 뇌물을 취하는 것만큼 어리석은 일은 없습니다. 이 세상에 비밀은 없기 때문입니다.

좋은 농토가
만 경이라도
하루에 먹는것은
두 되뿐이다

천 칸의 큰집이 있다고 해도
밤에 눕는 곳은 여덟 자뿐이요,
좋은 농토가 만 경이 있다고 해도
하루에 먹는 것은 두 되뿐이다.

－명심보감 중에서－

요즘 100세 시대라고 합니다. 수명도 늘어나고 생활도 편리해지면서 누리고 싶은 것도 많아졌습니다. 하지만 이 세상에는 100년도 안 되는 삶을 위해 1000년을 살 것처럼 욕심을 부리는 사람들이 너무 많습니다. 아무리 욕심을 부려도 일생 동안 얻을 수 있는 것은 한계가 있습니다. 자신이 다 누릴 수 없는 것들 때문에 욕심을 부리느라 현재에 감사할 줄 모른다면 현재도 미래도 불행해질 뿐입니다. 여덟 자의 땅이면 몸을 뉘어 잘 수 있고, 하루 두 되의 양식이면 먹고 살 수 있습니다. 괜한 욕심 때문에 지금 가지고 있는 것에 대한 고마움을 잊어서는 안 될 것입니다.

받아도 되고
받지 않아도 될때
받는것은
청렴을 손상시킨다

받아도 되고 받지 않아도 될 때
받는 것은 청렴을 손상시키고,
주어도 되고 주지 않아도 될 때
주는 것은 은혜를 손상시키며,
죽어도 되고 죽지 않아도 될 때
죽는 것은 용기를 손상시키는 것이다.

－맹자 중에서－

지방선거 금품사건의 재판에서 대전지법의 한 부장판사는 맹자의 이 한 구절을 인용하여 사건을 정리했다고 합니다. 판사는 금품을 받은 주민에 대해서 "주민들은 굳이 받지 않아도 될 돈을 받아 자신들의 청렴성을 해쳤다"고 지적했고, 금품을 준 군수에 대해서는 "주민들에게 돈을 뿌림으로써 그 돈을 받은 주민들 상당수를 전과자로 전락시켰고, 자신을 지지해준 주민들의 은혜를 저버렸다"고 판결을 내렸다고 합니다. 받지 않으면 아쉽고, 받아도 큰 문제가 될 것 같지 않은 상황이라면 누구나 망설이게 됩니다. 하지만 그럴 때일수록 단호하게 거절해야 합니다. 살기 좋은 세상을 위해서 반드시 필요한 것이 청렴입니다.

분수에 맞고
족함을 아는것

그것이 으뜸이다.

시골 늙은이는 닭고기 안주에 막걸리를 이야기하면
흔연히 기뻐하나 고급 요리는 모르며, 무명 두루마기나
베잠방이를 말하면 좋아하되 비단옷을 잘 알지 못한다.
그 천성이 오롯하므로 그 욕심이 담박한 것이니
이야말로 인생의 으뜸가는 경지로다.

-채근담 중에서-

　사람의 욕심은 끝이 없습니다. 더 맛있는 것을 먹고 싶어 하고 더 멋진 옷을
입고 싶어 하고 더 편안한 것을 누리고 싶어 합니다. 하지만 그 욕심이 과해 자
신의 분수에 맞지 않는 것을 원한다면 어떻게 될까요? 남들만큼 누릴 수 없는
자신의 처지를 탓하게 되고, 부정적인 생각으로 가득해 자신에게 만족하지 못
할 것입니다. 그러다 보면 부정한 방법으로 그 욕심을 채우려고 하고, 일을 처
리하는 데 있어 무언가를 취할 수 있는 쪽의 편을 들어주게 됩니다. 분수에 편
안하고 족함을 알아야 자신에게 만족할 수 있고, 마음의 아량이 생겨 모든 일
에 공정할 수 있습니다.

잘못된 전례를
고칠수 없다면
내만은 범하지
말아야 한다

잘못된 전례가 계속되고 있다면
애써 바로잡아 고쳐야 하고,
간혹 그중에서 개혁하기 어려운 것이 있으면
나만은 그 잘못을 범하지 말아야 한다.

-목민심서 중에서-

옳고 그름에 대한 판단이 흐려질 때가 있습니다. 자신의 처음 생각과 다르게 주위 사람들의 생각에 동화되고 마는 경우가 흔히 있습니다. 고질적인 관행을 고쳐보려 시도하지만 돌아오는 답변은 "그동안 계속 그렇게 해왔으니까 그냥 해"입니다. 그렇게 주변에 휩쓸려 그 일에 익숙해지면 잘못되었다는 생각마저 사라지게 됩니다. "남들 다 하는데 뭐 어때?"라면서 자신의 행동을 정당화시킵니다. 어떤 상황에 처하더라도 자신의 주관을 갖는 것이 중요합니다. 그리고 잘못된 것을 바로잡으려고 노력해야 합니다. 만약 지금 당장의 개혁이 힘들다면 자신만이라도 그 잘못을 범하지 말아야 합니다.

담욕하는
마음이
끝이없다면
근심이
마음속에서
떠나지 않는다

만족할 줄 알면 즐거울 것이요,
탐욕에 힘쓰면 근심이 있다.

−명심보감 중에서−

　미래를 꿈꾸는 일은 긍정적인 욕심입니다. 정직하게 노력하여 자신이 원하는 것을 얻었을 때의 성취감은 정신적인 건강과 즐거움을 줍니다. 하지만 자신의 노력 이상으로 바라고 탐욕하는 마음이 계속된다면 자신의 욕심을 채우기 위한 방법에만 집중하게 됩니다. '만족을 아는 사람은 가난하고 비천하더라도 즐겁고, 만족하지 못하는 자는 부귀를 누리더라도 근심이다'라는 말도 있습니다. 사람의 욕심은 끝이 없는 법인데 이를 다 채우려 하다가는 남의 것을 탐하게 될 것이고, 진정한 인생의 즐거움을 찾을 수 없을 것입니다.

영원히
소유할 수
있는것은
없다

재물이 많으면 더 가지려고 욕심을 부리지 마라.
많이 소유한들 무슨 소용이 있는가,
결국 다 사라지는 것이다.
금은보화가 집안에 가득하여도, 능히 그것을 지킬 수 없다.
부귀해도 교만하면 안 되고 교만하면 허물만을 남기게 된다.
공로로 자리를 탐하는 것은 도리에 어긋나며,
그것이 하늘의 뜻이다.

-노자도덕경 중에서-

　　재물이 많으면 더 많이 갖고 싶고, 권세를 누리면 더 높은 곳에 오르고 싶습니다. 부에 취해 교만하게 되면 허물만이 남게 되고, 욕심을 부리다 보면 도리를 거스르는 일도 하게 됩니다. 적당한 욕심, 적당한 부, 적당한 공로에 만족해야 청렴할 수 있습니다. 어떤 재물이나 권세도 영원히 소유할 수는 없음을 기억해야 합니다.

족함을 아는 이는

괴로와죽죽도

고기보다 맛있게

여긴다

탐욕스러운 사람은 금을 나누어 주어도
옥을 얻지 못함을 원통해하고
공에 봉하여도 제후가 되지 못함을 원망하니,
부귀하면서도 스스로 거지 노릇을 달게 여기는 셈이로다.
족함을 아는 이는 명아주국도 고기와 쌀밥보다 맛있게 여기며
베도포도 여우가죽옷보다 따뜻하게 여기니,
서민이면서도 왕공을 부러워하지 않는다.

－채근담 중에서－

모든 것은 생각하기 나름입니다. 같은 것을 가지고 있어도 사람에 따라서
만족을 하기도 하고 불만을 갖기도 합니다. 탐욕에 물들어 만족할 줄 모르는
이는 금을 받고서도 옥을 얻지 못함에 불만을 갖고 아무리 높은 자리에 있어도
더 높은 자리에 오르지 못함을 원망스럽게 생각하게 되는 것입니다. 이에 반하
여 만족할 줄 아는 사람은 보잘것없는 명아주국도 맛있게 먹고, 삼베로 만든
도포도 따뜻하게 여기는 것입니다. 만족하는 삶을 사는 것, 청렴함으로 가는
지름길입니다.

달도 차면 기운다

가득 차면 손실을 부르게 되고,
겸손하면 이익을 얻게 된다.

－명심보감 중에서－

행운 총량의 법칙이라는 것이 있습니다. 지금 닥친 불운만큼 앞으로는 행운이 찾아온다는 법칙입니다. 지금 나쁜 일이 있어도 곧 좋은 일이 일어날 테니 쉽게 좌절하지 말라는 의미입니다. 반면 달도 차면 기운다는 말이 있습니다. 무엇이든 극도로 성하면 반드시 쇠하게 마련이라는 뜻입니다. 이런 이유로 옛날 사람들 중에는 벼슬을 사양하는 이들이 많았다고 합니다. 권세가 높이 올라갈수록 시기하는 자가 생기게 되고, 그에 따라 자리도 위태로워지기 때문입니다. 하지만 겸손한 사람은 누구나 다 그를 도우려고 하기 때문에 이익을 얻을 수 있습니다. 우리가 절제하는 태도를 유지해야 하는 이유입니다.

마음이 붙잡히면
즐거움이
넘치는곳도
괴로움의 바다가
된다

산림은 아름다운 곳이로되
한 번 집착하면 문득 시장판이 되고,
서화는 우아한 일이로되 한 번 탐하면 문득 장사꾼이 된다.
대개 마음이 물들지 않으면 지옥도 곧 신선이 사는 곳이요,
마음이 붙잡히면 즐거움이 넘치는 곳도
괴로움의 바다가 된다.

－채근담 중에서－

    사람들마다 세상을 바라보는 자신만의 안경이 있습니다. 집착의 안경으로 세상을 바라보면 놓아야 할 것도 놓지 못하고 미련으로 잡고 있게 됩니다. 욕심의 안경으로 세상을 바라보면 모든 것이 내 것으로 보여 다 갖고 싶어집니다. 집착과 욕심의 안경으로 마음이 붙잡히면 어떤 일에도 즐거울 수 없습니다. 집착과 욕심의 안경을 이해와 아량의 안경으로 바꿔보세요. 너그러운 마음으로 세상을 바라보면 청렴하게 살아갈 수 있습니다.

대가 없는 행운은 없다

이유 없이 천금을 얻는 것은
큰 복이 아니라,
반드시 큰 재앙이 있을 것이다.

-명심보감 중에서-

사람은 노력에 의해서 재물을 얻어야만 그 재물을 오래 간직할 수 있습니다. 가끔 노력하지 않고 얻어진 재물을 행운이라고 착각하는 사람들이 있습니다. 하지만 이렇게 찾아오는 행운은 조금도 기뻐할 일이 아닙니다. 이러한 운은 재앙이 될 위험이 있습니다. 운에 의지해 노력을 게을리하고, 더 쉬운 방법으로 이득을 취하려 하기 때문입니다. 로또 1등에 당첨된 사람들이 모두 행복하지 않은 것도 이러한 이유일 것입니다. 행운은 어디까지나 노력에 의해 따라오는 것입니다. 노력하지 않고 얻은 행운에는 반드시 대가가 따르기 마련입니다.

한번 유혹을 당하면
곧 그들과 함께
죄에 빠지고
말것이다

군수가 좋아하는 것을
이조 참판이 영합하지 않을 리 없다.
내가 재물을 좋아하는 줄 알면
반드시 이익이 되는 것으로 나를 유혹할 것이다.
한 번 유혹을 당하면 곧 그들과 함께 죄에 빠지고 말 것이다.

-목민심서 중에서-

마음에 중심이 없으면 흔들리기 쉽습니다. 올곧음을 갖지 않는다면 작은 유혹에도 꾐에 빠지기 쉽습니다. 일찍이 맹자에서는 '윗사람과 아랫사람이 교대로 이익을 탐한다면 나라가 위태로울 것이다'라고 경고한 바 있습니다. 윗사람이 부정을 저지르면 아랫사람도 그 부정에 빠지기 쉽습니다. 유혹에 빠지지 않기 위해서는 아랫사람이라도 자신의 중심을 지켜야 합니다. 잘못된 풍토에 사로잡혀 그들과 함께한다면 결국 같은 죄를 저지르게 될 것입니다. 항상 청렴한 마음으로 자신만의 지조를 지켜야 합니다.

권세를
따르지 마라

장부로서 세상에 태어나 나라에 쓰이면
죽기로써 최선을 다할 것이며,
쓰이지 않으면 들에서
농사짓는 것으로 충분하다.
권세에 아부하며 한때의 영화를 누리는 것은
내가 가장 부끄럽게 여기는 바이다.

-난중일기 중에서-

이순신 장군은 부하들을 잘 통솔하는 뛰어난 지도력을 가진 리더로서 일본 수군과의 해전에서 연전연승을 하는 전략가로 후손들에게 존경받는 인물입니다. 그는 누구보다 스스로에게 엄격하고 청렴한 생활을 한 것으로 잘 알려져 있습니다. 이순신 장군은 나라의 일을 하면서 권세에 아부하는 것을 가장 부끄럽게 여겼습니다. 강한 힘을 가진 권세를 따르는 것이 아니라 도움이 필요한 국민을 위하는 것이 지금을 살아가는 우리들에게 필요한 또 다른 영웅의 모습이 아닐까 생각합니다.

진실한 청로림에는

청로림이라는
이름조차 없다

진실한 청렴에는 청렴이라는 이름조차 없으니
이름을 드러내는 것은 바로 탐욕스럽기 때문이다.
참으로 뛰어난 재주에는 교묘한 기교가 없으니
기교를 부리는 사람은 바로 졸렬하기 때문이다.

－채근담 중에서－

진정으로 청렴한 사람은 청렴하다고 알려지지 않은 사람이라고 합니다. 청렴한 사람은 청렴하다고 자랑하지 않으니 이름이 날 리 없기 때문입니다. 이와 마찬가지로 뛰어난 능력을 가진 사람은 교묘한 꾀를 부리지 않습니다. 꾀를 부리지 않아도 충분히 자신의 능력을 인정받을 수 있기 때문입니다. 보여주는 청렴함을 행하려 하지 마십시오. 청렴은 자신을 비추는 거울이라고 합니다. 거울에 비친 자기 자신에 당당할 수 있는 청렴함을 실천해야 할 것입니다.

당신이 걷는 길이
누군가의
이정표가
될수있다

눈을 뚫고 들판 길을 걸어가노니
어지럽게 함부로 걷지 말자.
오늘 내가 밟고 간 이 발자국이
뒷사람이 밟고 갈 길이 될 테니.

-야설 중에서-

조선후기의 문인 이양연의 글입니다. 어려서부터 많은 책을 읽어 모르는 것
이 없다는 평을 들어온 그는 뛰어난 재능으로 호조참판을 거쳐 동지의금부사
까지 올랐다고 합니다. 그는 국민들, 특히 농민들에 대한 사랑이 뛰어나 농민들
의 일상과 노고에 관한 민요를 많이 지었습니다. 이 글은 백범 김구 선생님이
하루 세 번씩 읽고 실천했다고 알려져 있습니다. 자신이 걷는 이 길이 누군가의
이정표가 될 수 있다는 생각으로 하루하루를 바르게 사신 김구 선생님처럼 나
의 후배, 나의 후손들이 걸어갈 길을 청렴하게 닦아 두어야 하겠습니다.

사람들이
청렴하지 못한
까닭은
지혜가
민자라기 때문이다

청렴하다는 것은 천하의 큰 장사다.
그렇기 때문에 욕심이 큰 사람은 반드시 청렴하려고 한다.
사람들이 청렴하지 못한 까닭은
그의 지혜가 모자라기 때문이다.

-목민심서 중에서-

요즘 같은 험한 세상을 살아가기 위해서는 어느 정도의 약삭빠름과 드러나지 않은 부정, 상황에 따른 거짓이 필요하다고 합니다. 하지만 이는 얕은 지혜에서 나오는 짧은 생각입니다. 사사로운 인연에 집착하여 청렴함을 잃으면 자신의 자리를 잃을 수도 자신의 명예를 잃을 수도 있습니다. 진정으로 현명한 사람이라면 청렴을 위해 더욱 애써야 합니다. 마음으로부터 우러나는 청렴함의 결실이 더 큰 기회로 다가올 것입니다.

권모와 술수를
알아도
쓰지 않는이를
더높다 할것이다

권세와 명리의 번화함은
가까이하지 않는 이가 깨끗하다고 하나
가까이할지라도 물들지 않는 이가 더욱 깨끗하다.
권모와 술수를 모르는 이를 높다고 하나
알아도 쓰지 않는 이를 더욱 높다 할 것이다.

-채근담 중에서-

더러운 것에 물들지 않기 위해서는 피하는 것이 상책입니다. 더러움을 멀리하여 깨끗함을 유지하는 것은 쉽지만 그 더러움을 가까이하면서도 물들지 않는 것은 너무나도 어려운 일입니다. 떳떳하지 못한 지략과 술수를 알려지 않는 방법으로 청렴함을 지키는 사람도 대단하지만 이러한 지략과 술수를 알고 있음에도 불구하고 유혹에 넘어가지 않는 사람이 더욱 대단한 것이 아닐까 생각합니다.

위에 있는

푸른 하늘은

속이기 어렵다

위에는 지휘하는 이가 있고,
중간에는 다스리는 관원이 있고,
그 아래에는 이에 따르는 백성이 있다.
백성이 바친 비단으로 옷을 지어 입고
곳간에 있는 곡식을 먹으니,
너의 봉록은 모두 백성들의 기름이다.
아래에 있는 백성은 학대하기 쉬우나,
위에 있는 푸른 하늘은 속이기 어렵다.

-명심보감 중에서-

이 글은 당태종이 관원들의 부정을 경계하며 썼다고 합니다. 관원이 입고
먹는 모든 것은 백성들이 흘린 땀으로 만들어낸 노고에 의한 것임을 잊지 말라
는 의미일 것입니다. 관원을 현대의 직업에 비유하자면 공직자일 것입니다. 공
직자들이 국민들의 세금으로 몰래 호화롭게 누리기는 쉬우나 이러한 행태를
하늘까지 속일 수 없습니다. 하늘을 우러러 한 점 부끄러움 없이 국민을 위해
봉사하는 공직자가 필요한 시대입니다.

청렴하면서도
너그러운것이
아름다운 덕이다

청렴하면서도 너그럽고, 어질면서도 결단을 잘하고,
총명하면서도 너무 살피지 않고,
강직하면서도 지나치게 따지지 않는다면
이를 일컬어 꿀 발라도 달지 않고
바다 물건이라도 짜지 않다 하리니.
비로소 이것이 아름다운 덕이 되리라.

- 채근담 중에서 -

청렴한 사람은 부정을 견디지 못하기 때문에 더러움을 포용하기 힘듭니다. 어진 사람은 우유부단해서 결단력이 부족하기 마련입니다. 총명한 사람은 아는 만큼 주위를 지나치게 살피고, 강직한 사람은 이것은 맞는지 저것은 맞는지 자꾸 따지게 됩니다. 청렴하면서도 너그러울 수 있는 것, 어질면서도 결단의 힘이 있는 것, 총명하면서도 부드러운 것, 강직하면서도 마음이 넓은 것, 이처럼 양면을 갖는 것은 어렵습니다. 한쪽으로 쏠리지 않고 중용이 있는 인품을 갖춘다면 어떤 것에도 영향을 받지 않고 자신만의 길을 갈 수 있을 것입니다.

덕을 베풀었다는
얼굴을 하지마라

그릇된 관습에 의거한 재물을 받지 않고,
남에게 자기 재물을 희사한 일이 있을지라도
드러내 말하지 말며,
덕을 베풀었다는 얼굴을 하지 말며,
남에게 자랑하지 말며,
전임자의 잘못을 말하지 마라.

−목민심서 중에서−

정약용은 목민심서를 통해서 공직자가 갖추어야 할 덕을 이와 같이 말했습니다. 공직자는 국민들의 모범이 되어야 하는 자리이니 이는 공직자에만 해당되는 이야기는 아닐 것입니다. 누구나 덕을 베풀면 자신의 청렴함을 드러내고 싶어 합니다. 하지만 큰 덕을 베풀었다는 얼굴로 자랑을 늘어놓는 행동이야말로 청렴하지 못한 행동이 아닐까요? 누군가가 알아주기를 바라는 청렴은 진정한 청렴이라고 할 수 없습니다. 누가 알아주지 않아도 자신에게 떳떳한 청렴이 진정한 청렴이라고 할 수 있습니다.

캘리그래피 임예진

캘리그래퍼(Calligrapher)로 활동 중이며, 현재 손끝느낌 대표이다.
평생교육원, 문화센터, 중학교 등에 출강하면서 캘리그래피를 지도·전파하고 있다.

손글씨로 풀어 쓴 청렴 메시지

公明淸言
공 명 청 언

발행일 2015년 12월 3일 초판 1쇄 발행
발행인 박재우
발행처 한국표준협회미디어
출판등록 2004년 12월 23일 (제2009-26호)
주소 서울시 금천구 가산디지털1로 145
　　　에이스하이엔드타워3차 11층
전화 (02)2624-0383
팩스 (02)2624-0369
ISBN 978-89-92264-94-5 03800

정가 3,800원